서 기 선 포 토 에 세 이

내 안의 나를 찾아 떠나는 여행

내 안의 나를 찾아 떠나는 여행

초판 1쇄 인쇄 2010년 03월 22일
초판 1쇄 발행 2010년 03월 26일

지은이 | 서기선
펴낸이 | 손형국
펴낸곳 | (주)에세이퍼블리싱
출판등록 | 2004. 12. 1(제315-2008-022호)
주소 | 157-857 서울특별시 강서구 방화3동 822-1 화이트하우스 2층
홈페이지 | www.essay.co.kr
전화번호 | (02)3159-9638~40
팩스 | (02)3159-9637

ISBN 978-89-6023-348-5 03810

이웃과 자연을 향한 따뜻한 시선

서기선포토에세이

내 안의 나를 찾아 떠나는 여행

글·사진 서기선

ESSAY

프롤로그

살다보면 무언가 꼭 하고 싶은 일이 있는 것 같습니다.

저 같은 경우에도 꼭 하고 싶은 일이 몇 가지 있었습니다.

하나는 아주 좋은 차를 하나 사고 싶었습니다. 물론 누군가의 도움을 받아서 생각해 낸 것이었습니다만. 결국 지금의 정도로 보아서는 이루지 못할 것 같은 불길함이 있고요.

또 다른 하나는 아주 작은 시골 마을에 작은 땅뙈기를 조금 샀는데 주제넘게 거기다가 예쁜 카페라도 차려서 음악을 즐기며 살면 좋겠다 싶은 것이 제 희망이었습니다.

마지막으로 갖고픈 욕심은 어쩌다 즐기게 된 '사진' 이라는 매체 때문에, 그리고 글을 좋아하다보니 글감이 있는 사진집을 하나 만들었으면 하는 작은 바람이 생겼습니다.

어느 날 그런 생각이 한번 도드라지고 나니 지울 수가 없는 '당연함' 으로 자리매김을 하였지요.

직장 생활을 해야 하고 그 와중에 시간을 내서 사진을 찍어야 하고, 또 정말로 좋은 시간을 내어 객지생활에서 가족의 따스함도 찾아야 하는 어쩌면 정말로 시간이 없을 수도 있습니다만, 없는 시간 쪼개어 틈날 때마다 사진기를 들이대는 습관으로 남아 있게 된 것이지요.

그 희망하던 세 가지의 꼭 하고 싶은 일 중에 하나를 이제 이루려고 합니다.

사진이 비록 보잘 것 없고 카메라도 남들처럼 좋은 것은 아니지만 틈나는 대로 좋은 그림 그려내듯 작품 하나하나에 의미를 담고 그 의미에 스스로 만족한 결과를 맛 본 나만의 여행이 아니었나 싶습니다.

이제 그 작은 '내 안의 나를 찾아 떠나는 여행'에 임들을 초대하고 싶습니다.

서기선 배상

contents

제1장 남도 여행

남도 여행은 솔직히 아닌지도 모른다.
남도 여행이라기보다는
남도 맛보기였을 것이다.

참다운 여행의 맛도 몰랐을 뿐 아니라
그럴만한 여유도 사실은 없었기 때문이다.

직장인으로서
그것도 건설 회사를 다니는 한사람으로서
여유롭게 사진이나 찍고 여행이나 다니며 호사를 부릴
그런 여유는 없었기 때문이다.

하지만 이젠 일상이 되어버린 나만의 시간
틈나는 대로 있으면 있는 대로 없으면 없는 대로
그렇게 사는 것이 순리이기에
욕심은 안 낼 참이다.

남도에 다시금 자리를 튼 지도 어언 삼년이다.
그동안 내가 보았던 그리고 느꼈던 시간들을
다시금 꺼내어 볼 틈을 마련한 것이다.

내 안의 나를 찾아 떠난 아주 작은 시간들의 잔재이다.

– 늦은 저녁 회사 사무실에서

아침을 여는 이른 시간.

건설의 역군들은 아침의 기운으로 일을 합니다.

걸어가는 그의 등에 힘찬 기운을 불어 넣어줄 용의는 없는지요.

준공된 공장을 바라보는 건설인들은 하나같이 한마디씩 합니다.
"저 공장 내가 다 지었어."라고 말입니다.
직업이 직업인지라 자랑하고픈 마음입니다.
아버지로서 자식들에게, 남편으로서 아내에게,
자식으로서 어버이에게 보이고픈 자랑 말입니다.
모든 사랑하는 사람에게 내 일을 자신 있게 자랑할 수 있는 그날이
우리나라 모든 이에게 함께 오길!

전남 여수 바닷가 마을 옆을 지나다가 바라본 아낙의 허리 휘어지는
모습에 문득 어머니가 보고 싶었습니다.

전남의 보성엘 다녀왔습니다.
그곳에 쓰인 안내 간판이 생각나네요.
'바다정원' 이라는 이름의… 그래서 열심히 올라갔죠.
거기엔 아주 멀리 보이는 바다가 있었고요.
웃음이 나더군요.
바다정원이라….
다시금 내려와서 먹었던 녹차아이스크림의 맛은 그곳으로
안내한 분의 깊은 뜻을 충분히 헤아릴 만큼 좋았습니다.

내 마음의 닻은 어디에 두어야 할까.

내 가족과 나를 아는 모든 이를 나는 얼마나 사랑할 수 있을까.

문득 젖내 물신 풍기는 울 엄마가 보고싶었다.

바닷가에 산다는 것은 참으로 힘겨운 일이야.

세월 좋아 노닐러 가는 나 같은 부류는 모르는 법이야. 분명코!

그 니들의 굵디굵은 마디마디는 까막산 밭고랑 이는 촌부의 그것을

연상시키지. 내가 무얼 알겠냐마는 말이야.

무엇을 생각하랴.

그저 눈에 보이는 것에 만족함이 행복인 것을….

17

내 안의 나를 찾아 떠나는 여행

찻잎 하나 따서 입에 물었다.

쓰다 싶으면 달고 달다 싶으면 쓰다.

그래도 몸에 좋으니 아니 좋은가 말이다.

茶사랑을 느끼다.

저리 엮여 있는 모습이
마치 내 모습은 아닌가 싶다.
직장의 틀 안에 엮인 인생…
우리 아버지는 나더러
안정적이라고 말하시긴 하지만.

어둑한 저녁, 고흥의 외나로도 포구에 앉은 휴식이다.

유람선이 사뭇 한 마리 물고기다.

그 자체가 바다가 아닐지 싶다.

푸르름이란 이런 걸까?

푸르름이란 이런 걸까?

녹차 밭 사이사이 찻잎 따는 여인을 그려 넣고 싶다.

웃음 한 모금 넘기는 여유는 이런 건가 보다.

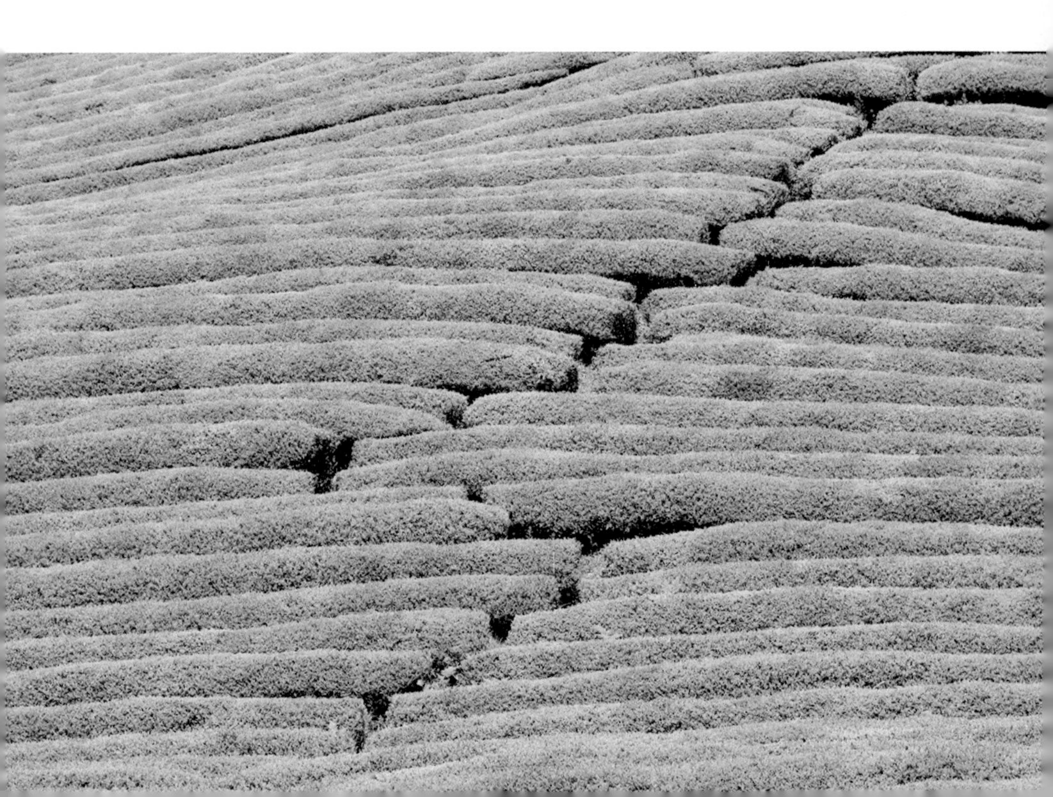

낙안읍성에서 만난 소리꾼의 춘향가 판소리 장면

그니의 그 힘찬 목소리에 많은 이들이 박수를 아끼지 않았다.
지금도 그니는 주말이면 낙안읍성을 지키고 있을 게다.
그니에게 다시 한 번 박수를 보낸다.

우리가 생각하는 '신명' 이란 어떤 것일까.
내 보기에 이 모습이 신명이 아닐는지.

아! 나도 저들과 같이 신명나게 놀아보고 싶다.

– 전국 성인 풍물 경연 대회가 열린 낙안읍성에서

곱디고운 가녀린 손가락에 뜯기는 선율이 좋다.
우리 것이기에 더 좋은 것 아니겠는가.

– 낙안읍성에서

여수는 세계 해양 박람회를 여는 곳이다.

지금도 기억이 생생한 그날의 함성이 귓전에 가득하다.

여수 시민 모두가 하나 되어 기뻐하던 그날을…

이제 남은 것은 시민 모두가 하나 되어

멋들어진 작품을 만드는 일이다.

순천만, 아! 순천만…

갯벌의 대명사라고 하던가?

한번 와보면 탄성이 절로 나오는 순천만 갯벌…

그 위로 갈대밭이 환상적인 춤을 춘다.

그 사잇길을 걸어보고 싶지는 않은지.

순천만의 S 라인이 가슴을 젖히게 만든다.

탁 트인 용산 전망대에 오르면 누구나 시인이 되고 훌륭한 찍사가 된다.
하산 길에 맛깔스러운 짱뚱어 탕 한 그릇이면 배 불뚝 일어나는 곳이기도 하다.

여수에서 근무를 하는 것만으로도 축복인데
근처에 이렇게 아름다운 곳이 있음은 내겐 정말 대박이 아닐 수 없다.
여수 순천 사이에 있는 '와온 해변' 이다.

노을이 아름답고 사람이 아름다운 곳.

그래서 주말이면 이 모습을 눈으로 즐기고자 모이나 보다.

이름도 예쁘기만 한 와온 해변에서 내 마음의 끈을 풀다.

어느 진사님이 물었다.

여기에 자주 오시나 봐요, 선생님은.

제가 복이 많은 게지요.

미소 머금은 내 얼굴은 아마도 무척이나 멋졌을 것이다.

행복한 사람은 얼굴에 그 모든 것을 담아낸다고 아니하던가.

흐린 날 통영의 동피랑을 찾았다.

동피랑이란 '동쪽 벼랑' 이란 뜻이다.

지금은 대부분 철거민의 이주로 몇 안 되는 가구가 살고 있는

'동피랑에 꿈이 살고 있습니다.' 로 소개되는 가슴 뭉클해지는 마을이다.

판타지 통영.

동피랑을 다 둘러보고 나오는 길의 발걸음은 참으로 무겁습니다.

제 개인적으로는 괜히 왔구나 싶었던 곳이었습니다.

개발을 아름답게 만든 마을 주민들이 더없이 사랑스러웠지만

한편에서는 쓰라림이 밀려오는지라 어쩔 수 없이

통영 중앙회시장에서 소주 한 병을 마시고 말았답니다.

우리나라 3대 공단 중 으뜸으로 꼽힐 만 한 도시
여천공단의 야경입니다.
시민들의 사랑으로 커 온 여천공단은 어언 40년이 된 듯싶습니다.
저도 20년 전 이곳의 공장 만들기에 한 몫을 담당했었으니 말입니다.

애환이 함께하는 공단의 밤은 그칠 줄을 모릅니다.
모두가 잘 사는 나라를 위해 오늘도 누군가 밤을 잊고 일하고 있음을
잊지 마십시오.

요즘의 시골입니다.
늙은 촌부마저 떠나버린 마을 한 모퉁이의 외딴 집 한 채.
누구나 편한 것을 찾게 마련인 모양입니다.
자식들의 눈물어린 호소에 몸을 맡긴 부모려니 생각합니다.
자식의 호강어린 배려에 집을 떠난 그네들의 보이지 않는
눈물이 가슴을 치게 합니다.

시골

시골

시골

넋을 잃고 한참을 바다에 앉았습니다.
어린 아이들이 옆에서 재잘 재잘 떠드는 소리에 귀도 기울여보고.
배 주인이 언제 오나 마냥 바다를 바라보며
한 시간여를 머물다 온 바다….

한가롭다,
한가롭다 싶은 나만의 호강을 누린 시간이었죠.

바다

바다

바다

Coffee
House

모처럼 휴일이면 숙소 근처에 있는 카페를 찾습니다.

지역의 유지격인 모 회사에서 지역민들의 언어교육의 장 활성화를 위해 자선 모금 바자회를 여는 곳이기도 합니다.

그곳에서 차 한 잔 시켜 놓고 조용히 음악을 듣습니다.

봄이면 카페 밖의 꽃도 만발합니다.

주인의 따뜻한 마음이 녹아 들어있는 심성이 눈에 보입니다.

참으로 따뜻한 곳입니다. 마음으로나 눈으로나….

찻집에 많은 이들이 들릅니다.

목조 탁자에 새겨진 이름 석 자가 세월을 느끼게 해줍니다.

사연도 많은 듯합니다.

찬찬히 앉아서 읽어 봅니다.

준용… 아마도 어떤 이름 모를 처자가 썼을 수도 있습니다.

아마도 실연의 아픔이 있을 수도 있지 않았나 하는 짓궂은 생각을 해봅니다.

여수는 2012년에 세계 해양 박람회를 개최하는 도시입니다.

기념하여 세계 불꽃축제가 열렸지요.

큰 잔치가 없었던 도시인지라

많은 인파가 불꽃 축제를 보러 다녀갔습니다.

나라마다 특색 있는 불꽃의 향연이 펼쳐졌습니다.

여수에 산다는 이유 하나만으로도

실컷 눈 호강을 할 수 있어 좋았습니다.

인간은 위대하다는 생각을 합니다.

폭죽 하나 터뜨리고

그것을 보고 즐거워하기 위한 노력이 눈물겹습니다.

형형색색,

모양도 가지가지,

정말 탄성이 절로 나오더이다.

그저 바라볼 뿐… 참으로 귀한 시간이었습니다.

어디를 가나 저녁노을을 볼 수 있는 자리면
마음만 푸근한 것이 아니라
신체도 녹아내리듯 편안해지는 모양입니다.
여수 근교의 화양면에서 바라본 석양은
지나가던 발걸음 멈추고 해넘이 할 때까지
그저 장승처럼 만듭니다.

시간도 잊고
일도 잊고
편한 저녁 시간을 만들어 보세요.

부산은 늘 새로운 것 같습니다.
특히 해운대의 신도시는 마천루 타운인 듯싶습니다.
낮은 낮대로 밤은 밤대로의 멋스러움이,
도시적인 멋으로 치장한 곳이지요.
많은 사람들로 북적이는 해운대는 분명 도약하고 있습니다.
'막 날아 오른 새' 가 생각났습니다.

같은 장소임에도 낮과 밤은 달라 보입니다.
조명 덕분인지 밤은 더 멋들어져 보입니다.
적당히 숨길 것은 숨겨주는 풍요의 바다가 있기 때문이요,
바로 옆으로는 출렁이는 바다가 있기 때문일 터.
호사스러움을 보고 있자니 저도 모르게 욕심이 생기는 건 왜인지.

자갈치 시장,
울 어머니의 젖내가 묻어있고
젊은 날이 숨 쉬는 곳인지라
마음이 짠해지기만 합니다.

그때나 지금이나,
처음 봤을 때의 20년 전이나
50줄에 있는 지금이나 매한가지인 듯싶습니다.

정이 뚝뚝 묻어나고 거칠기 그지없는 사투리가
이곳저곳에서 들립니다.

외숙모님이 오래 전 제게 한 말씀이 들려옵니다.

요세바 밥 마이 무그래이,
남잔 밥심으로 가는 기라 마…

광안대교

오랜만에 들른 부산인지라 볼 곳도
많습니다.
광안대교는 알아주는 대한민국 대표
관광 상품 중의 하나이기도 하지만
저 같은 초보 진사들의
집합장소이기도 합니다.
근처의 아파트 초입에서부터 퇴짜를
맞았지만 포기하지 않고 뚜벅 뚜벅
걸어 포인트를 찾은 느긋한 즐거움.
같이 한 진사님들의 도움으로
어렵지 않게 함께한 시간들.
부산은 늘 그렇게 새로움으로
다가서는 듯합니다.

해운대

아주 오래전 '매미' 라는 태풍이
우리 남해안을 강타했습니다.
그때는 경남 통영에서 일하고 있었는데
거친 파도가 보고 싶어 자동차를 끌고
부산으로 아무 생각 없이 달려갔던
기억이 있습니다.
집채만 한 파도가 해운대를 강타하던
그날이 생각납니다.
다도해에서 떨어진 곳인지라 무척이나
거친 듯싶습니다.

해운대만 가면 부서지는 파도와
빗줄기를 바라보며 부산에 사는 동생과
소주 한잔 기울이던 생각이 납니다.

터무니없는 보상가! 억울하게 쫓겨날순

순천 달동네

영화 세트장이지만 타임머신을 타고 세월을 되돌린 느낌.
드라마 촬영장소로 유명하지만 정말 날 잡아 기분 좋은 구경을
할 수 있는 곳.
내 어린 시절 까까머리 그때가 그립고 눈이 시리도록 푸르른 날들로
되돌아가고픈 곳이기도 합니다.

그곳엔 어린 시절의
서울 변두리 천호동도 있고
봉천동 산동네도 있습니다.
산동네 녀석들과
아랫동네 녀석들이 일 년여를
실랑이를 하다가 정원
대보름이면 쥐불놀이하며
세력시위를 했던 그 시절이
왜 이렇게 생각나는지…
지금은 없어진, 그러나 아직도
시골에선 있을 듯한 그 풍경이
눈에 선합니다.

행상하던 우리 어머니의
머리에 얹혀진 '다라이' 가
생각납니다.

황지자전거상회

경남 수목원을 찾는 사람들
정말 조용하다는 생각이 든다

삼삼오오 식구들끼리
아니면 연인들끼리

그들만의 여유 한줌씩 들고 찾은 수목원엔
아주 작은 행복들로 가득했다.

늘 그렇듯

나그네 같은 마음으로
곁다리 같다는 생각이 들었지만
그것도 나만의 행복이려니.

아직도 아이들의 웃음소리가 들리는 듯하다.

가을에 찾은 경남 수목원의 다람쥐가 맛난 식사를 하네요.

가을인지라 풍요로움을 느낍니다.

수목원 이곳저곳을 누비며 사는 녀석이 한없이 부럽기만 합니다.

왜냐고요?

자유가 느껴지기 때문입니다.

제한된 공간이라기엔 너른 곳이기에 아마도 충분한 여유가 있어 보입니다.

다시 한 번 생각해도

부럽기만 합니다.

송광사의 여유로움과 한적함
수행을 하기에는 안성맞춤이 아닌가 싶다.
불교는 기도가 아닌 깨달음인지라 그것을 얻고자 하는 마음을
다스리는 일이 우선일 터.
명상과 자신을 돌아보고 주변의 것에 배려와 관심을 둘 때
그것은 얻어질 듯싶다.

난 무엇을 얻을까 두리번거리다가

송광사 입구에서 막걸리에 취하고 말았다.

송광사의 스님들

담소하시는 스님들의 시간은 참선이리라.

차 한 잔의 여유와 깨달음의 사이엔 무엇이 있을까?

시간일까?

스님들의 안경은 아마도 깨달음으로 가는 길에 얻은 부속물이리라.

문득 스님의 마음을 읽고픈 욕심이 생겼다.

송광사의 스님들
경쾌함과 날램
사뿐한 발걸음을 흉내 내 보았다.

역시 마음으로 걷지 아니하고 힘으로 걸으려니 다리가 꼬였다.

수행은 아무나 하는 게 아닌가 보다.

스님, 부디 성불하십시오.

성불은 마음으로부터 온다 하는데…
제 경우엔 애당초 그른 것 같습니다.
눈 감으면 늘 헛것만 보이니 말입니다.
하기야 제가 아는 신부님이 제게…

“요셉 씨 요즘 제 눈을 피하시네요.
피하시는 이유를 줄여 세 가지만
말해주시면 용서하리다.”

하시더군요.

정말 전 구제불능인가요?

스님, 성불하십시오.

여수는 공단도시다.
그러나 공단도시답지가 않다.

일단 공단만 벗어나면 조용하고 단아하다는 느낌이 드는 도시다.
그만큼 풋풋함이 묻어 있는 도시이기도 하다.

신혼 때 여천의 적량동 주인아주머니가 베풀던 시골의 인심이 생각난다.

여수 소호 앞바다
범선 한 채가 떠 있고 그 위로 달빛이 부서진다.
흐르는 구름에 달도 흐른다.

말 그대로 구름에 달 가듯이 흘러간다.

시원한 바닷바람에
시간 가는 줄 모르고 있다 보니 밤 12시를 훌쩍 넘겨버렸다.

숭어 잡이

낚시꾼의 편광렌즈 속의 눈이 번뜩입니다.

퍼덕거리는 숭어 떼를 놓칠 리 없습니다.

힘차게 잡아채는 순간 손끝에 느껴지는 생명의 꿈틀거림

그 맛에 횟감으로 보이지 않는 모양…

칼까지 내주며 드셔보라 권합니다.

풋풋한 인간미가 넘치는 항구의 사람들….

살맛납니다.

완연한 봄의 절정

전령사들이 계절을 점령한 꼭짓점에 눈이 즐겁습니다.
오동도의 봄엔 따뜻함으로 가득한 봄 향기가 코끝을 간질입니다.
맑은 햇살, 푸른 내음, 비릿한 오존 내음까지…

해변의 아주머니들의 큰 손 덕에 단돈 만 삼천 원이면
싱싱한 해산물에 소주 한잔까지 근심걱정 한방에 날려버릴 수 있답니다.

오동도 앞바다엔

오동도 앞바다엔
건설의 힘찬 깃발을 내세우며
성공적인 여수 시민들의 염원에 따라
해양 엑스포 준비가 한창입니다.
바다 수면을 고르고 파일을 박고 그 위에 기초를 세우는
그래서 명실 공히 전남의 맹주로 떠오르고자 하는
야심찬 계획이 있답니다.

모두가 소망하는 대로 이루어지리라 믿습니다.

다시 찾은 통영은 예로부터 예향의 도시인 것을 확연히 알 수 있다.

거친 바다를 앞에 두고도 어찌 그리 섬세함을 지녔는지…

박경리 선생님은 말할 것도 없거니와 유치환 선생님,

이국땅에서 몸을 의지한 윤이상 선생님…

요즘은 고전음악은 물론이요 로커가 합세한

세계적인 음악 축제로 자리를 매김하고 있으니

과연 그 뿌리의 깊이를 알 듯하다.

기타리스트의 섬세한 손놀림에 박수를 보내고 오다.

통영의 미륵산 정상에서 바라본 통영 앞 바다

말 그대로 한려수도다.

통영을 기점으로 여수까지의 뱃길을 따라가며 보이는

점점의 크고 작은 섬들, 그 사이 사이로 헤집어 가는 바닷길.

예전엔 미륵산에 오르는 것도 어려웠지만

지금은 케이블카까지 등장한 터에

각지에서온 손님맞이에 한창이라는….

시장 통에 들리니 그야말로 문전성시
사람이 모이면 '돈' 을 쓰게 마련인가,
경제는 그래서 살아나는가 보다.

따뜻한 정이 훈훈하게 묻어나는 곳
통영입니다, 충무 김밥 한줄 드시고 가이소 마.

잘 나가다 삼천포라 했던가.
통영 들러 숙소로 가야 하건만 옆으로 살짝 비키니 삼천포라.
삼천포의 명물은 봐야 한다는 우리 진사님들의 성화에 못 이겨 찾아간
그곳은 기대 이상의 멋진 선물을 주었지요.
유채꽃 만발한 모습이 부족해 아쉬웠지만 나름 멋진 선물을 안겨준
삼천포 대교.

눈이 즐거워 찾았을 때는 쌀쌀한 날씨였지만 너무나 흡족했다는 평.
맛깔스러운 정취와 좋은 사람들이 있어 행복했던 날
여행은 이래서 좋은 모양입니다.

주탑에 불이 안 들어와 모두들 아쉬워했던 날.
맞습니다. 찾은 날이 장날이라고 회사 창립기념일에 찾았던지라
평일이고 그래서 주탑의 불을 서비스하지 않았다는….

그래도 꿋꿋이 지켜 서서 컵라면 먹어가며 희망을 끈을 놓지
않았다는 뒷소문이 들립니다.
작은 행복을 맘껏 누릴 수 있었던 하루였습니다.

한 번 더 느껴봅니다.

행복은 아주 작은 것에서 느껴진다고 말입니다.

괜히 센티해질 수 있는 분위기…

이젠 남성 호르몬보다는 여성 호르몬이 압도하는 중인가 봅니다.

멍하니 아무 생각 없이 셔터에 몰입하는 진사들을 보고

또 다른 감동을 느낍니다.

좋은 사람들이, 아니 같은 느낌으로 같은 곳을 바라볼 수 있어

행복합니다.

삼천포에 들르시면, 혹시 연인과 함께라면 꼭 들러보길 권합니다.
그것도 마침 바닷가에 운무가 자욱이 끼어 있다면 금상첨화가
아닐는지요.

옥호는 '실안' 에 위치한다 해서 '실안카페' 라고 하더군요.
바다에 들어 앉아 바다를 온전히 끌어안고자 하는 사람들.

이야기를 듣지 않아도 주인의 심성을 들여다 본 듯합니다.
나오는 길에 덤으로 '풍차 카페' 도 볼 수 있답니다.

이런 모습이 빈 하늘이 아닐는지요.

아련한, 그래서 괜히 콧등이 시린 하늘, 그 아래 달동네…

어릴 적 1960년대 중반의 서울 천호동 번데기 공장 산동네가 그립습니다.

유일한 부랄 친구는 벌써 좋은 나라에 있으니 전 무척 외로운 사람입니다.

빛바랜 문짝 하나에 덕지덕지 붙은 광고지는 왜 그리도 많던지…
지금도 생각납니다. '매독 특효약' …
철없던 제가 아버지에게 물었던 기억 말입니다. 그게 뭐에요?
아무튼 도시 귀퉁이를 돌 때마다 행상하시던 어머니가
뒤에서 부르는 듯하여 몇 번이나 뒤돌아보아야 했습니다.

아주 가끔 하늘을 보며 그 동네서 같이 뛰던 부랄 친구 생각을 합니다.
아주 가끔….

하늘에 해 떴다.
이불 말려야 할 시간이다.
우울한 하루는 저녁에 소주를 찾게 한다.

나도 모르는 설움이 있나 보다.

슬퍼서 한잔 좋아서 헤헤 거리며 한잔… 그것이 인생이다.

나도 이런 때가 있었다.

오래 전에….

목마르면 마시면 된다.

무엇으로 채울 것인가가 문제이다.

술인가 물인가…

고민하지 말라, 마시면 만사형통이니….

그는 무슨 생각을 할까 하고 고민했으나
결론은 '바보' 같다는 생각을 하다.

그가 무슨 생각을 하는지 고민하는 대신
너야말로 무슨 생각을 하며 사니? 하고 되묻고 말았다.

그래, 난 무엇을 위해 살까… 싶었다.

붉디붉은 장미나 할미꽃이나
아니면 봄이면 진사들이 즐겨 담는 복수초나…
저도 좋은 렌즈 하나 장만하고 싶은데 맘대로 안 됩니다.

언젠가 어머니가 그러시더군요.
넌 왜 울 애덜은 안 찍어주고 왜 맨날 남의 애들만 찍냐.

이젠 좋은 렌즈 하나 사고 싶은데 그것도 마음대로 안 됩니다.
아직 철이 덜 들어서 그런가 봅니다.
직업은 철(Fe)쟁이인데 말입니다.

SSANG

주어와 목적어 사이를 헤매다가 그만 목적어의 방향이 바뀌는 터에
그만 흔들리고 말았습니다.
이래 가지고서야 아무것도 안 됩니다.

나이 오십 줄이 넘어서 언제나 나잇값을 하려는지 원.

BMW

꿈은 이루어진다.

많이 들어 본 글귀이며

많이 떠들어 대던 이야기입니다.

BMW

무지 비싸더군요.

제 드림카인데

희망은 있어야 하고

그 희망을 위해 노력은 합니다.

이루고 못 이루고는 그 다음이 아닐는지요.

스스로 채찍질하며 삽니다.

자유로움

인류가 발전한 데에는 최소한의 욕심과 그 욕심을 채우기 위한 열정이 있지 않았나 하는 생각.

이 대 전제에서 벗어날 수가 없는 모양입니다.

오래 전부터 생성된 아니,
인간과 동물 간에 서로 다르다는 것을 인식한 순간.

인간은 저들과 같은 '자유로움'에 욕심을 더하고 열정을 더해 지금처럼 날 수 있었을 겁니다.

나도 멀리 날고 싶습니다.

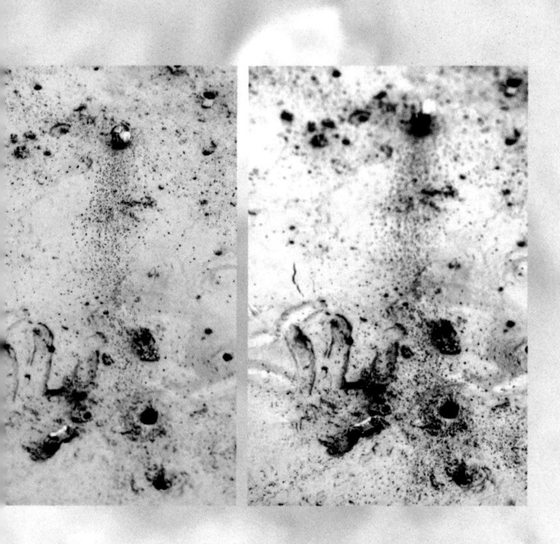

동물이나

인간이나

바람피우는 일은

힘든가 봅니다.

남의 집구석

넘보느라

무척 힘겨워

보입니다.

못된 게딱지….

– 순천만에서

순천만에 왔습니다.

요즘은 멀리 주차하고 들어가야 합니다.

조심조심 그들에게 다가가야 합니다.

그만큼 녀석들은 조용히 자기만의 세상을 지키기 원하기 때문입니다.

그들의 집을 구경하려면 일단 조용해야 합니다.
설사 자칫 잘못하여 잔기침이라도 하면 금방 집안에
틀어 박혀 한참이 지나야 나옵니다.
그것도 거의 숨소리 없이… 기다려야 합니다.

어느 정도로 예민한가 하면 셔터 찰칵하는 소리에
자지러져 도망갑니다.

멀리 있는 짱뚱어가 한마디 해도 그네들은 웃어줄
뿐입니다.

짱뚱어는 게딱지에 비해 무지 용감합니다.
자기들끼리 쌈질도 합니다.

조용한 침묵을 배우고 나면
게딱지 움직이는 것쯤은 식은 죽 먹기보다 쉽게
그들의 행동을 마음껏 볼 수 있답니다.

순천만에서는
조용히 지내는 법부터 배워야 합니다.

그네들과 우리가 함께 사는 세상이기에….

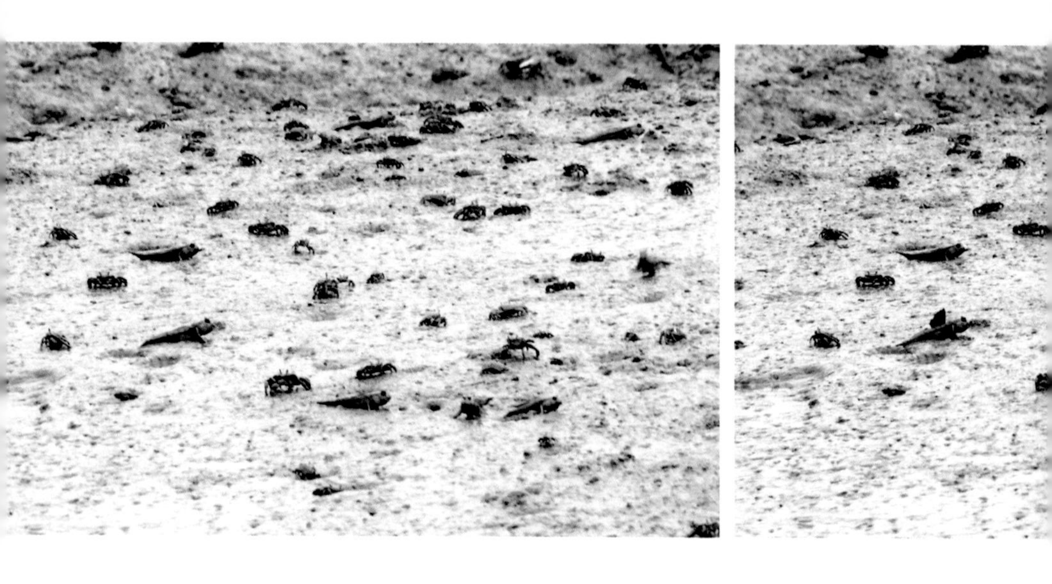

솔직히 저는 개인적으로 짱뚱어가 무섭습니다.

녀석은 가끔가다가 날아다니는 것처럼 보이려고 하는지 몰라도 날개를 펴기도 합니다. 그리고 가끔은 꿈에 나타나 '화악 물어버릴 거야' 그러고 가곤 합니다. 전 정말 짱뚱어가 싫습니다. 생긴 것도 무척이나 무섭고 사납게 생겼습니다. 으~ 암튼 싫습니다.

이놈이 바로 짱뚱어랍니다.

약간 전투적이라고 말해야 할지 아니면 성격이 좋다할지…

아무튼 생긴 것도 이상합니다.

눈도 툭 튀어 나오고 날개도 달려 있고 달리기도 무척이나 빠릅니다.

상대방과 다투기도 잘합니다.

녀석과 전 체질적으로 맞는 것 같지 않습니다.

이상하게 저 녀석만 보면 소름이 돋고… 영화 '괴물' 이 생각납니다.

저녁에 야근을 하다가 문득 전망대를 설치해 놓았다는 이야기를
들은 것 같아 무조건 그곳을 찾아 나섰습니다.
여천공단은 역사가 깊습니다.
울산공단과 더불어 우리나라 석유화학 공장의 시발점이기도 합니다.

많은 이들이 건설의 역군으로 그리고 생산의 한 몫을 해내는 곳입니다.

이 자리를 빌려 순직한 건설역군들에게 조의를 표합니다.

매일 매일 출근한 모습 그대로 가정으로 돌아가는

안전속의 건설 문화를 꿈꿉니다.

파란 바다가 그리워 낚싯배를 빌리러 갔는데
뱃전 포구에서 싸 들고 간 먹을거리만 해결하고 그냥 놀았습니다.

굳이 배를 안 타도
바라다 보이는 바다만 보아도 좋았습니다.
마음도 파랗게 물들어 왔답니다.

비릿한 바다 냄새가 납니다.
이제는 철 지난, 아니 제 몫을 다하고 쉬고 있는 굵디굵은 밧줄들…
칭칭 감겨있는 모양이 어부들의 삶처럼 무거워 보입니다.

모든 직업이 마찬가지겠지만 어렵게 이루어지는 것은 아무것도 없다 싶습니다.
입에 거미줄 치랴 싶지만 사실 거미줄 쳐집니다.
노력하는 자에게만 돌아오는 것이 분명 있습니다.

요즘 제 취미의 즐겨찾기 중의 하나가
'구글 어스' 입니다.
그곳을 뒤지다가 만난 아주 예쁜 섬…
일명 '사랑섬' 입니다.
물론 제가 지은 이름이지요.
사랑섬은 말 그대로 하트 모양을 한
섬입니다.
앞에 보이는 섬이 그 사랑섬이 아닌가
싶습니다.

너무나 외로워 보이는 섬입니다.
쪽배 하나 빌려서 아주 오랜 기억 더듬어
텐트를 치고 코펠에 밥해 먹고 꽁치조림
해서 더도 말고 일박만 했으면 합니다.
다도해라 그런지 그런 욕심 품게 만드는
곳이 참으로 많답니다.

흐린 날 오후가 아니었나 싶습니다.

맑은 물 시원한 바람…
한 자락 움켜쥔 바람이
가슴에 닿으면
어느새 상쾌한 '나'를 봅니다.

송광사 계곡은
큰스님의 말씀을 아니 들더라도
절로 좋은 생각으로
가득하게 만듭니다.
깊어서 좋은 산세와
맑아서 좋은 계곡
그리고 그곳을 찾아
아무 때나 보고 느낄 수 있는
이곳이 참으로 좋습니다.

기대 이상으로
나를 좋은 곳으로 안내하는
'나'가 좋습니다.

유난히도 운동화를 쉽게 떨어뜨리던 어릴 적 생각이 납니다.
남다르게 키도 작은 녀석이 축구를 좋아해 매일 공차는 것으로
시간을 때우던 한 때.
어머님은 늘 하시는 말씀이 "돌멩이 차고 다니지 마라" 당부하셨습니다.
나중에 제가 돌멩이를 차는 게 아니고 공을 차는 것이라고 말했을 때
어머님은 눈물을 떨어뜨리셨습니다.
그 시절엔 몰랐으나 지금은 압니다. 자식이 좋아하는 운동화는 물론이요
축구공 하나 변변히 사주지 못해 안타까워했을 어머님을 생각하면
지금도 가슴이 찡합니다.

깨끗이 빨아놓은 운동화를 보니…
어머님을 뵌 듯합니다.

- 순천 영화 촬영장에서 -

진사라면 누구나 한번은 들러야 하는 것이 불문율 같이 되어버린
'부산의 태극마을' 에 들렀습니다.
살그머니 누가 볼세라 몰래 잠입하여 담은 사진인지라
가슴이 울렁증으로 벌렁 벌렁…
하지만 눈앞에 펼쳐진 모습에선 잠시 넋을 잃고 말았습니다.

마을 앞 좁은 신작로엔 할머니 두 분이 초등학생들을 위해
교통정리를 하고 있었지요.

50줄을 넘긴 저더러 하시는 말씀…

"젊은이, 신호동 보고 건너. 애들이 보고 있으니."
그저 마음이 곱기만 합니다.

– 부산 감천동에서

257-1377
명진상회
삼흥상회
241-3357
영일상회
동남식품
영도상회
민복상회
T 257-1377 F 257-1378

누군들 어릴 적 추억 하나 없겠습니까?
고무신 생각나는 분 손을 들어 보세요
아, 아마도 요즘 신세대들은 모르겠군요.

고등학교 시절에도 유별난 친구들은 깜장 고무신을 신고 다녔답니다.
시장 통의 알록달록한 신발을 보니 하나 담아두고 싶었습니다.
추억 한 장으로….

자갈치 시장 모퉁이에서 만난 많은 풍경,
오가는 사람들은 필요로 하는 '내 것' 을 위해 오기도 하지만
저 같은 사람은 사람 구경하러 오기도 합니다.
북적이는 틈바구니에서 조금만 벗어나면 이렇게 한가한 것도 있지요.
그래서 그 북적거림의 내음을 맡으러 오기도 하고
온 김에 물건도 사고, 두루 두루 둘러보고….
무엇보다 제일 좋은 구경은 역시 사람 구경인 듯싶습니다.

– 부산 자갈치 시장에서

아마도 제 기억이 맞는다면 '동해선' 이 아닌가 싶습니다.
아주 오래전 해외에서 휴가를 나와 버스와 기차를 타고 동해에서
해안선을 타고 내려왔던 그 시절이 생각납니다.
그때나 지금이나 아니, 어느 누구나 '기차' 를 보면
여러 가지 추억이 떠오릅니다.

동해안을 따라 저 기차를 타고 위로 올라가 보고 싶은 생각이
굴뚝같습니다. 시간이 허락하면 말입니다.
오늘따라 어느 요절한 가수가 '할리데이비슨' 을 타고 유럽의
아가씨를 태우고 싶다고 했던 말이 생각나네요.

– 부산 해운대 청사포 부근에서

우리나라는 아직도 '반공의 나라' 입니다.
해안을 따라 길게 늘어선 철책이 아직도 공존하는 나라….

초소병에게 물었습니다.
"저, 저기 아래에서 사진 한 장 찍으면 안 될까요?
주민등록증 보여드릴게요."
"아저씨, 죄송합니다. 여긴 군사지역이라 안 됩니다."

저를 비켜 지나는 초병의 어깨가 왜 그리 작아 보이던지…
한번 안아주고 싶었습니다.

– 부산 해운대 청사포 부근에서

군사보호지역에서 아주 약간 비켜간 지역에선
낚시꾼이 한창 무아지경에 빠져있네요.
깎아지른 듯한 절벽 아래 있는 조사님을 담았답니다.
푸르러 바다 속이 훤히 보이는 곳에서의 낚시꾼은
아마도 행복 절정일 것입니다.

대어 한 마리 낚으시길….

– 부산 해운대 청사포 부근에서

제가 부산의 다대포를 간 이유는
노을이 너무 멋지다는 이야기를 들었기 때문입니다.
사람들이 모이더군요, 삼삼오오, 연인들, 진사님들…
멋진 사진 한 장 얻으려는 사람들, 사랑을 속삭이는 사람들…
모래사장 한가운데서 소리 지르는 사람.
아무튼 다대포엔 사연 하나쯤 가지고 오는 사람들로
늘 북적인다 합니다.

– 부산 다대포에서

저도 나이 더 들면 저렇게 인생을 즐길 수 있을까요?
제가 잘 아는 분은 연세가 일흔 넘어 경비행기 조종사로서
이름을 떨치고 있지요. 지금 만나고 있는 저 분도 꽤나
활기차고 부지런하며 멋진 인생을 사시는 분이더군요.
아… 난 나이 더 들면 뭐하지?
원 없이 여행이나 했으면 하면 생각이니
아직 철이 덜 들었나 봅니다.

진지하지요?
어린 진사님들 파이팅입니다.
사진이 아니더라도 그곳에서 대자연을 느낄 수
있음에 감사하길 바랐답니다.

바다 저편으로 떨어지는 해
밤을 재촉하는 움직임에 탄성을 내지르고 모두들 몸을 떱니다.
노을 지는 바다, 아무것도 할 수 없게 만드는 자연…
우리는 아직, 아니 앞으로도 영원히 자연을 이기지는 못할 것
같습니다.

– 부산 다대포에서

여수에서 청소년 요트대회가 열렸습니다.

여수 세계 해양 박람회 개최 기념이었는데 이 작은 도시가

떠들썩하였습니다.

행사란 좋은 것이기도 합니다. 외지인들이 많이 왔습지요.

그리고 좋은 감정을 가지고 갔으리라 믿습니다.

행사를 치르는 사람들이나 그 행사를 즐기는 사람이나 같은

마음이었으리라 생각합니다.

– 여수 소호 요트 장에서

청소년 요트대회.

땀을 뻘뻘 흘리면서 최선을 다하는 모습.

그것이 아름다운 것 아닌가요?

모두가 최선을 다하는 모습에서 비록 어린 아이들이지만

대견하기만 하고 우리 어른들이 오히려 배워야 한다고 생각합니다.

– 여수 소호 요트 장에서

몽환적 풍경에 빠져 꿈을 꿉니다.

어디쯤 있는지 생각지 않습니다.

무엇에 매달려 사는지 생각지 않습니다.

아닙니다.

어딘지, 무엇에 매달려 사는지 너무나 잘 알기에

그저 잊고픈 마음일 것입니다.

– 소호동 근처에서

지금은 없어진 동네랍니다.

'용호동' 은 아픈 기억만 있습니다. 그나마 '용호동' 을 알린 사람들은 '철거민촌' 내지는 부산의 '나환자촌' 정도로만 알 것입니다.

처음 용호동을 방문하던 날이 생각납니다. 나이 든 노인네 몇이 모여 담소를 하고 버스에서 내려 '보건소' 를 찾던 할머니….

지금은 없습니다. 그나마 제가 갔던 이유도 조금이나마 지금의 모습을 남겨두고픈 마음에…

결국 뱃전 포구에서 공연히 소주만 마시던 생각이 납니다.

지금은 이 자리에 멋들어진 아파트가 아주 고급스럽게 폼 잡고 있습니다. 부산의 위상으로 말입니다.

– 부산 용호동에서

평택에서 서산으로 넘어가는 바다 한가운데
웅장한 자태를 뽐내는 서해대교.
노을이 지는 어느 봄…
평택 LNG인수기지를 방문하러 가는 길에 담아보았습니다.
역동의 서해 시대를 여는 길목이라는 생각이 듭니다.

– 평택항 옆에서

어떤 생각이 드시는지 묻습니다.

누구를 위하여 이 땅의 농민은 살아가는지… 가슴이 미어집니다.

– 농사꾼 이야기를 듣던 날

좀 섬뜩하지 않는지요.

자연은 거역할 줄 모르는 법이거늘 어느 날 인간의 이기에 대한 도전이 거세게 우리에게 다가오고 있답니다.

왜?
자연이 어느 날 생명력을 지니고 생각을 지녀 화성인 지구 침공이 아닌 우리의 자연이 우리에게 목숨을 담보로 한 전쟁을 일으키지나 않을지….

소심한 저는 걱정스럽습니다.

– 어느 촌락 앞 도로

흐드러진 꽃…

봄이란 계절 앞에 고개 숙여지는 작은 미물임을 느낍니다.

한 겨울을 지내고 솟구치는 힘이 느껴지는 봄.

괜한 걱정으로 지난겨울을 보낸 것 같습니다.

그들은 아직은 내 편인가 싶습니다.

– 흐드러지게 꽃술 터뜨리는 봄날에

다 늙은 할배를 찍어 무엇 하게? 아직 할아버지 멋진 걸요.
제가 예쁘게 찍어서 어느 날 다시 찾아올게요.
그래? 그럼 예쁘게 찍어줘.
해안가에 앉아 그물을 손질하던 할배, 손은 거칠기 이를 데 없었지만
그래도 얼굴에선 아이 같은 동심을 보았습니다.
마지막 제게 던진 말씀… 이리 고생해도 자식들에게 손은 안 벌려…
그럼 됐지?
할배가 저를 눈물짓게 합니다.

– 여수 촌로와 함께

퇴근시간 무렵
하늘의 구름이 너무 좋아
무턱대고 서둘러 닿은
'통영' 의 달아공원.
하늘을 뒤덮은 구름 사이로
저무는 햇살의 강렬함….
우리 지구는 한마디로
버릴 게 하나도 없습니다.
정말 짱입니다.

– 통영의 달아공원에서

역시 축제엔 먹을거리가 있어야 어울리는 법이지요.
지나는 사람의 면면을 보면 나름 흥에 겹습니다.
고래 고기가 있나요? 아마도 경남의 어느 도시 축제 같습니다.

진주의 유등축제…

강가에 가득한 유등도 멋지지만 역시 사람은 식후경인가 봅니다.
바글대는 사람들 사이로 오가는 홍정, 먹을거리 눈요기에 정신없는
꼬마들…
시골 잔치에는 먹을거리 인심이 후한 법이니까요.

– 진주 유등 축제에서

인형

잘 빚은 인형

둘이 이야기를 나눕니다.

너 좀 생겼는데?

음… 너도 좀 생겼다…

그래? 음…

네가 좀 더 잘난 것 같기도 하다.

웃깁니다, 무슨 소리인지.

가끔은 혼자서 넋두리를 해봅니다.

– 여수 근교 모리아 카페에서

시장 통 사람들…

창원의 큰 시장을 찾았습니다. 시장사람들은 소박합니다.

리어카에 물건을 싣고 나온 분들 '다라이' 라고 부르나요?

아무튼 바리바리 실어낸 물건과 사람들 온통 북새통이기만 한

곳에서 고즈넉하게 어느 여인 마른생선을 펼쳐 정리를 하는군요.

저는 시장이 참 좋습니다.

살아 움직이는 아, 내가 살아 있구나 하는 것을 그들을 통해 배웁니다.

절대 뒤로 물러서지 않을 것 같은

악착스러움도 있으니 말입니다.

저는 무척이나 재미가 있습니다.

북적이는 사람 구경이란 이런 것이구나 하면서 말입니다.

그리고 다가가서 구애를 할 것입니다.

죄송하지만 사진 한 장만…

글쎄요, 허락할까요?

– 창원의 열린 시장터에서

임을 보며 저는 왜 어머니를
생각했을까요?
어릴 적 행상을 해서 우리 3형제를
키우셨던 어머니…
그 어머님이 옆에 계실 줄이야.

피곤함이 묻은 얼굴에서는
그래도 곧 웃음 핀 이야기를
들려주셨습니다.

이래 봬도 수입은 괜찮아, 너무
걱정하지 마. 그리고 잘 찍은 거여?

어머님, 힘내시기 바랍니다!

– 창원의 열린 시장터에서

숙소 앞의 맥주 집을 찾습니다.

늘 늦은 밤 10시면 제겐 버릇이 있는데 그것이 바로 딱 한잔입니다.

물론 딱 한잔으로 끝난 적은 없지요.

그저 창 밖에 지나는 사람들 구경하는 맛이란…

재미없게 들릴지 모르지만 제게는 '꺼리' 랍니다.

주인장의 푸짐한 인심도 좋고요.

자, 한잔 더 해 볼까요?

이런 맥주 500cc 한잔에 이리도 흔들리는 줄 몰랐습니다.

많은 사람들이 있음에도 불구하고

사진기를 조작하는 제게는 아무도 관심이 없습니다.

이렇게도 관심 밖의 인물인가? 내 모양새가?

아, 한잔 더 마셔보겠습니다.

아… 500cc 두잔 마시면 이리 되는군요?

술 마시고 사진은 절대 들이대서는 아니 되겠습니다.

아무튼 술 마시니 기분은 째진 듯합니다.

왜 마시냐 묻거든 '술時' 라 마신다고 하겠습니다.

밤 열시….

– 통영 무전동 생맥주집에서

늦은 밤 시장터
불이 하나 둘 꺼져갈 즈음입니다.
대부분이 문을 닫은 이 시각
분명 주인장은 막걸리 한 사발
때문에 문을 못 닫고 있을 터입니다.
이제 그만 들어 가이소!

– 통영 중앙동 시장터에서

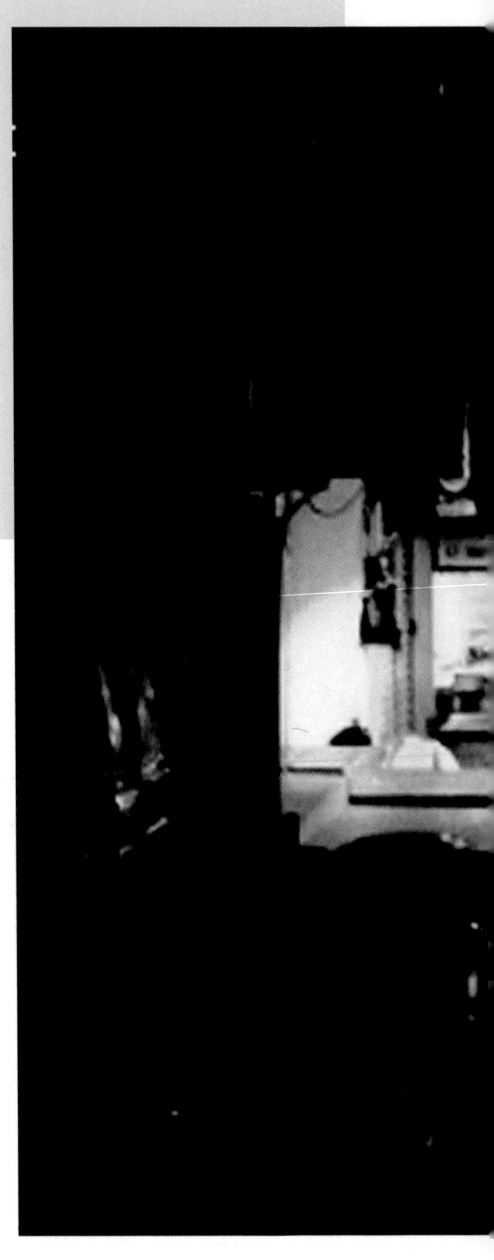

경남 사천엘 들렀다.
여기는 예전에 한번 친구들과 낮에 들렀던 곳인데 황망한 바다만 보았던 기억이 난다.
밀물과 썰물 사이에서 덩그마니 놓아져 있던 카페인데 물이 차고 밤이 되어 불이 들어오니 그야말로 장관이 아닐 수 없다.

이름하여 '실안카페' 라 불리는 해상 위의 카페이다.

차 한 잔 시켜 마시니 부러울 게 없더라.

진한 차 향기에 젖어드는 그 기분이란!

실안카페를 나와 삼천포 대교를 보았다.

우리나라의 아름다운 길 중에 으뜸을 내놓지 않은 길.

그 길에 꽃이 피워지고 그 꽃은 빛을 발한다.

빛을 발하면 진사들의 눈에 불이 켜지고 들리는 건 흥분된 숨쉬기뿐.

아… 빛줄기 아래 배 띄워놓고 술이라도 한잔 걸치고픈 것은

나 혼자만의 객기는 아니리라.

그래서 빛을 찾는 사람들은 술도 좋아하는가 보다.

진주성은 예전에 통영의 LNG 인수기지를 건설할 때 자주 들렀던

곳인데 이제는 구경삼아 눈요기삼아 그리고 아름다움을 담아내기

위해 찾는다.

진주 남강의 강물에 던진 '논개' 의 기개가 살아 숨 쉬는 그곳엔
참으로 멋진 볼거리가 많다.
진주 남강의 물줄기를 담아낸 '진양호' 는 물론이요 주변의 눈 즐거움이
많기에 말이다.
진주성을 바라보는 내 눈도 붉디붉게 빛이 났다.
한없는 생각에 잠기게 하는 진주성의 '논개' 를 그리워하다.

이런 장면이 만추晩秋의 모습인가 한다.

진주성 내부의 산책하는 친구들의 다정한 모습에서,

고즈넉한 모습의 나이 드신 할매의 손마디에서 늦가을의 정취가

느껴진다.

가을을 가슴에 한껏 품고 온 하루였다.

가을 절간 앞마당의 불경 강좌일까 아님 세속의 삶에 대한 질책일까.
스님의 말씀에 모두들 귀 기울이는 모습이 참으로 정겹다.
사람이 살면서 많은 행복의 순간들을 갖지만
나는 이런 모습을 보고 있으면 가슴이 벅차오른다.
사람은 그래서 더불어 사는가 보다.
이런 작은 것에 충만함을 느끼는데
다른 큰 행복이야 어련할까 싶다.

누군가가 그랬던 것 같은데, '득음의 길은 멀고도 멀다' 라고.
사진을 좋아하는 사람이면 시도해 보고 싶은 것 중의 하나가
장노출이 아닌가 싶다.
처음으로 시도해 본 장노출의 바다장면인 것이다.
해운대를 찾아 해변에 늘어진 바위와 물의 만남을 표현해본
가슴 벅찬 밤이었다.

해운대의 여름.

흔히 진사님들 이야기하는 '장노출' 에 대해 도전해본

최초의 사진이다.

의외로 잘 나온 사진이 아닌가 싶다.

큰 딸에게 자랑했던 작품이기도 하다.

참고로 큰 딸은 사진과를 나온 '맹탕' 이다.

아무튼 이 사진을 얻은 날 느꼈던 기분을 생각하면

지금도 눈물이 난다.

제2장 그 밖의 여정

'발길 닿는 대로' 라는 뜻은 무엇일까.

그저 발길 닿는 대로인데…

내게 있어 보이는 것은 그것이 무엇이든

대저 그것이 사람이든 어떤 사물이든

늘 새로움이란 것에 초점이 맞춰지는

그래서 만져보고 싶고, 느끼고 싶고, 이야기하고 싶고

급기야 '앗!' 하고 무릎을 쳐보는 나를 본다.

어느 날 양치를 하다가 양칫물을 마셨다.

그 이야기를 하니 누가 그러더군.

"집으로 돌아가라."고

이제 집으로 돌아가야 할 시간인 모양인가 보다.

보수 중일까, 아니면 새롭게 짓는 중일까?

아무튼 서울 시청은 그 자리에 있을 것이고 새로운 모습으로
우리 곁에 있을 것이다.

나는 그것을 보고 좋게 가꾸는 데 한 몫을 하면 되는 것 아닌가?

– 서울 시청 앞 광장에서

서울입니다.

도심 한복판에 나타난 특공 침투조가 아닙니다.

건물을 아름답게 청소하는 일

서울을 아름답게 하는 일

세계 속의 'SEOUL' 을 만드는 기초적인 일

시작에 불과합니다.

– 서울 을지로 입구에서

어느 날 높은 건물 하나 들어서는가 싶더니
내 옆의 사람이 달라 보이기 시작했다는…
도심은 어떻게 꾸며지는가에 따라
주변의 가치도 같이 바뀌는 것이다.
높은 빌딩 숲
사이로 보이는 푸른 하늘
쾌청!
오늘 서울은 맑음이 아닌가 싶다.
물론 뒷길은 어둡다.
하지만 뒷길도 변화하고 말 것이다.
요즘의 광고판에서 그것을 보았다.

Go!

간다!

모자라면 뛰면 된다.

그렇게 될 것이다.

– 건국대역 앞에서

우리 앞집이다.

뉘신지 잘 모르겠습니다만, 참으로 대단하십니다.
저 또한 우리 집 아이들에게 밀려 담배 한대 물고
밖으로 나왔습니다만,
임 또한 만만치 않습니다.

창을 열고, 목 내밀고, 길게 빨아 불고, 물 받은 종이컵에
꽁초 던져 넣고…
쌓인 담배만큼이나 고달픈 임의 모습이 눈에 선합니다.

– 서울 성동구 송정동에서

한강변의 나무 한그루

아직은 큰 그늘은 아니 만들지만 언젠가는 큰 그늘 되어
여럿 편히 쉬게 할 터,
한강의 공원은 그래서 아직 더 가꾸어야 한다.
미국의 센트럴 파크나 일본 동경의 요요기 공원처럼
서민들의 사랑을 받는, 그런 곳으로 거듭 태어날 것이다.

– 한강 둔치에서

한마디로 찬스를 잃었다.
딸내미랑 같이 한 출사 시간인데
슬쩍 몰래 찍으려고 했는데…
휘익 돌고 나서 찰칵!
난 역시 딸보다는 찬스에 약한 것 같다.

필카와 디카의 차이인가?
암튼 오랜만에 갖는 둘만의 시간이었다.
배고픈 이른 아침시간이었지만.

– 한강 둔치에서

드라마에 나왔다던

대사 한마디가 생각난다.

"너 때문에 내가 아프다."

그것도

"아주 마이 아프다…."

– 불타기 전 숭례문 앞에서

생활의 미래를 보러 갔다.
작은 딸의 학과 과제란다.

저는 저대로, 나는 나대로

덕분에 얻은 단색 필링

벼르고 산 1.8 단렌즈의 위력이 느껴진다.

– 리빙 디자인 어페어에서

우리 동네에 커다란 건물이 들어섰다. 매일 개미떼 같이 몰려드는 인파로 주인은 무지 즐거워할 것 같다.
그 건물 안에 자리한 식당!
한마디로 무지 무지 비쌌다.
울며 겨자 묵고 나온 기분이랄까… 그나마 딸내미들한테 썼으니 다행이다.

– 전철역 건대역 부근에서

내 살 붙이고 사는 동네가 부자동네가 아니어서인지 제3국인은 물론 자취를 하는 가난한 공단에 근로하시는 분들이 많다. 그들은 여름이 와도 시원함을 모르고 살아서인지 늘 창에 '발'을 걸어두고 살아야 한다. 이젠 그 '발'이 색이 바래 묘한 기분을 느끼게 한다. 연민이라고나 할까. 아무튼 서울 성동구 송정동은 살가운 동네 내음이 물씬 풍기는 곳이다.
그래서 내 어머니도 내 아버지는 물론 우리 아이들까지 3대가 살아온 것일까.

– 성동구 송정동 집 앞

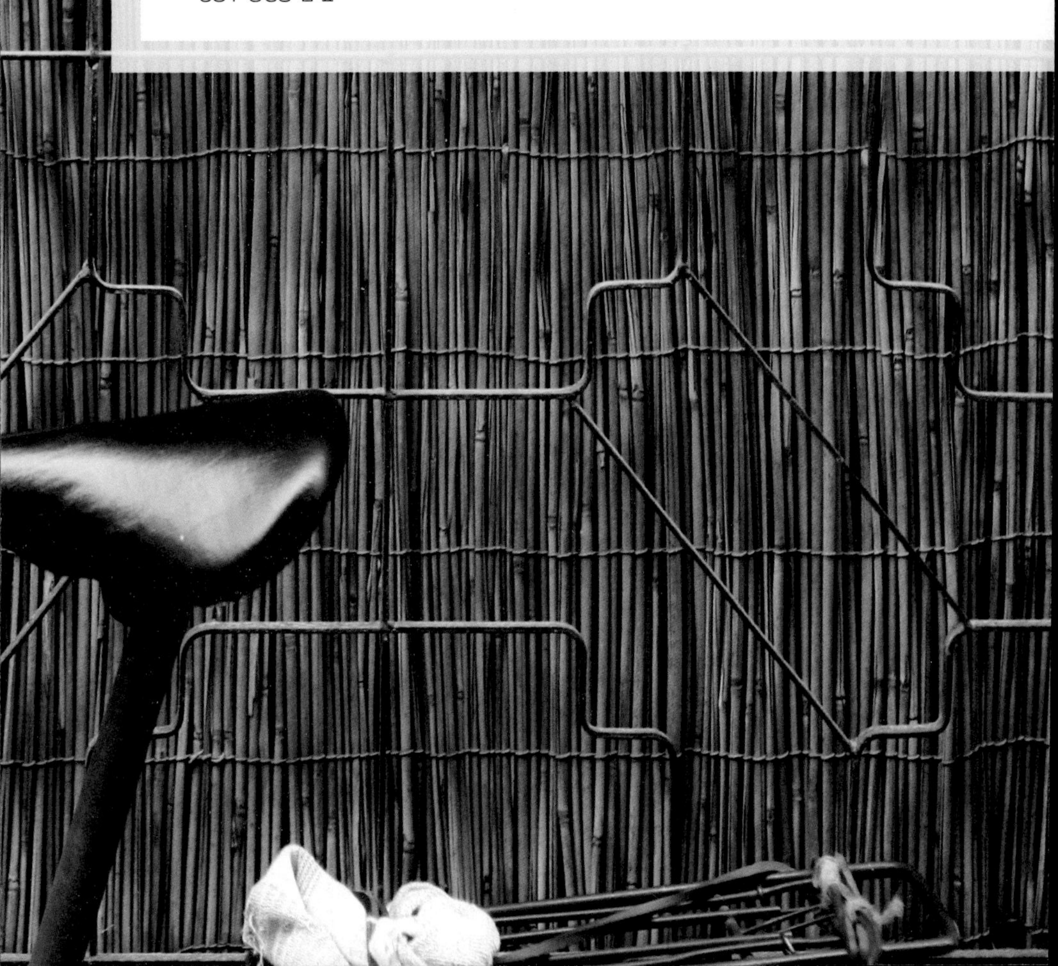

서울 남산의 팔각정 앞마당.
많은 이들 앞에서 젊은이는 칼을 휘두른다.
정말 좋아진 서울의 모습이 아닌가 싶다.
이런 좋은 주말 서비스 덕에 서울은 분명 '관광으로 돈 버는 도시' 가 될 것이다.
좋은 예로 한국이 좋아서 온 외국 관광객을 난 그날 많이 볼 수 있었다.
문화는 희망이요 돈이 아니겠는가.

– 서울 남산 팔각정 앞

한강의 상류로 올라가는 길목에 있는 두물머리兩水里는 금강산에서 흘러내린 북한강과 강원도 금대봉 기슭 검룡소儉龍沼에서 발원한 남한강의 두 물이 합쳐지는 곳이라는 의미이며 한자로는 '兩水里'를 쓰는데, 이곳은 양수리에서도 나루터를 중심으로 한 장소를 가리킨다. 한국의 내로라하는 사진작가들이라면 한번쯤은 누구나 들렀을, 그래서 나도 딸내미 따라 나선 길. 그날도 두물머리는 인산인해였다. 장비에 밀린 난 그만 때를 놓치고야 말았다.

서울 한강변을 걷다.

수도로서의 서울은 강이 있어서 가능했을 게다.

한강의 기적을 만든 국민의 한사람으로서 자부심을 가져도 될까?

그러나 아직 갈 길이 멀다.

좀 더 부강하고 목소리 높여 앞으로 진군할 때이다!

내 아이들의 미래를 위해서.

드라마에 자주 나오는 커다란 느티나무는
수령이 400년 이상이나 되었단다.
해는 중천이고 건진 건 없고…
이렇게 게을러서 언제 좋은 작품 하나 찍으려나 싶다.
정신 차리시게 중늙은이여.

– 경기 양평 양서 두물머리에서

서울역사

많은 한을 품은 역사이다.

겉모양만 봐서는 일본의 동경역이랑 비슷하다.

일본강점기 때에 만들어진 역사驛舍이지만

역사적 향수를 간직한 곳인데 어느 순간 자기 자리를 잃은 듯싶다.

그래도 그 자리에 있어 나는 느낌이 새롭다.

그들을 안 잊을 수 있으니 말이다.

– 서울 역사 앞에서

오늘의 신역사新驛舍이다.

매끈한 얼굴이긴 한데 왠지 좀 그렇다.

하기야 요즘의 세태엔 잘 맞는지도 모른다.

발전의 상징이라고 분수도 있으니 말이다.

암튼 편리하긴 하더라.

– 서울 신역사 앞에서

발걸음이 바쁜 요즘의 현대인들은
어디서나 분주하기만 하다.
늘 그렇듯 누구를 만나고 헤어지고
그리고 또 만나고
일을 하고 외출을 하고 나들이를 가고
거리를 오가는 사람들만 바라보다가
돌아온 주말의 오후였다.

언젠가 사진을 같이 일하는 동료들에게 메일로 보냈더니 어느 분이
"임의 사진은 참 좋은데 한 가지가 아쉽습니다."라고 했습니다.
"그게 뭐지요? 가르쳐 주십시오."
"임의 사진엔 '사람' 이 없어 아쉽습니다."라고 하더군요.

그래서 몰래 담았습니다.

– 서울 신역사 아래서

더욱이나 이 사진을 담을 때는 무척이나 가슴이 콩닥거렸습니다.

어디다 대고 사진이야, 사진 내놔, 필름 어디 있어 하면서 달려들까 싶어서 말입니다.
아무튼 몰카에 성공한 사진입니다.

모델 구하긴 어렵고… 우리 딸도 모델 안 해주더군요.

– 서울 신역사 아래서

제가 느끼기엔 '기묘한 자세' 입니다.

역시 제가 구닥다리는 구닥다리인 모양입니다.
나중에 딸아이에게 사진을 보여주었더니
아, 화나더군요.
당연하다는 식으로 하는 말
"뭐가?"

– 서울 시청 부근 지하도에서

이 예쁜 처자가 누구냐고요?

제 작은 딸입죠. 늘 웃으면 눈이 잘 안 보이는 녀석은 요즘 요리

세팅에 한창일 겁니다. 실습 중이니까요.

녀석 덕분에 '파티' 에도 초대를 받아봤다는 것 아닙니까?

역시 저는 딸이 더 좋은 것 같습니다.

아무튼 귀여운 딸 덕에 가끔 이런 호사도 부려봅니다.

– 서울 송정동 둑길에서

서울 성동구 송정동엔 둑길이 있고 그 둑길 따라 길가엔
보시는 것과 같이 해바라기도 있고 토마토 오이 등이 즐비합니다.
채소를 길러 먹는 분들도 있답니다. 어린아이들의 텃밭으로 가꾸는
무슨 주말농장 같은 그런 곳이 있는 곳이지요.
땅덩어리가 워낙 좁은 나라인지는 몰라도
잘도 이용해 볼거리를 줍니다.
눈도 즐겁고, 어른들에겐 휴식의 공간이자
아이들에겐 놀이터인 곳…
사람이 사는 곳엔 어디를 가든 즐거움으로 넘칩니다.

– 서울 송정동 둑길에서

저 자전거를 보니 아버님 생각이 납니다.
어느 날 그래도 한 때는 육체미 선수 저리 가라 하는
몸매를 자랑하시던 아버님…
그러나 세월이 지나는 것을 잊은 듯
동네 어른들끼리 자전거를 타고 노시다가 그만 자전거에서 폼 나게
한번 내리신다는 게 바지가 발고리에 걸려 넘어졌다는…
제가 알기로 아마도 약 두어 달 꼼짝을 못하고 앓아누웠지요.
요즘에 아버님 뵈면 제가 놀립니다.
"아버지, 자전거 시합하실래요?"

– 서울 송정동 둑길에서

아침이면 바쁜 둑길
할머니 할아버지들의 놀이 공간이자
아주머니들의 수다와 함께하는 산책로
청소년들은 자전거 타기에 아주 좋은…
나 같은 중늙은인 맹하니 넋 놓고 돌아다니기에 안성맞춤인 곳.
그래서 사랑받는 둑길이 되었나 봅니다.

아주 어린 시절 답십리에 살았는데
제가 천호동에서 이사 온지 얼마 안 되어
그만 이 둑길을 눈대중으로 기억하고는
한마디로 이삿짐 실은 차의 노선을 기억해 놓았다는 이야기지요.

이 길을 따라 한없이 동네 꼬마들 데리고
겁도 없이 답십리에서 천호동까지 여름 광나루
수영하러 가고 싶어 뛰어갔던…
아, 그날 동네가 다 뒤집어지고…
전 우리 어머니에게 무작스럽게 혼났습니다.
그래도
"네가 대장이니?"
그러면서 눈깔사탕 하나 사주시던 아버지가
그때처럼 좋았던 적은 없었습니다.

– 서울 송정동 둑길에서

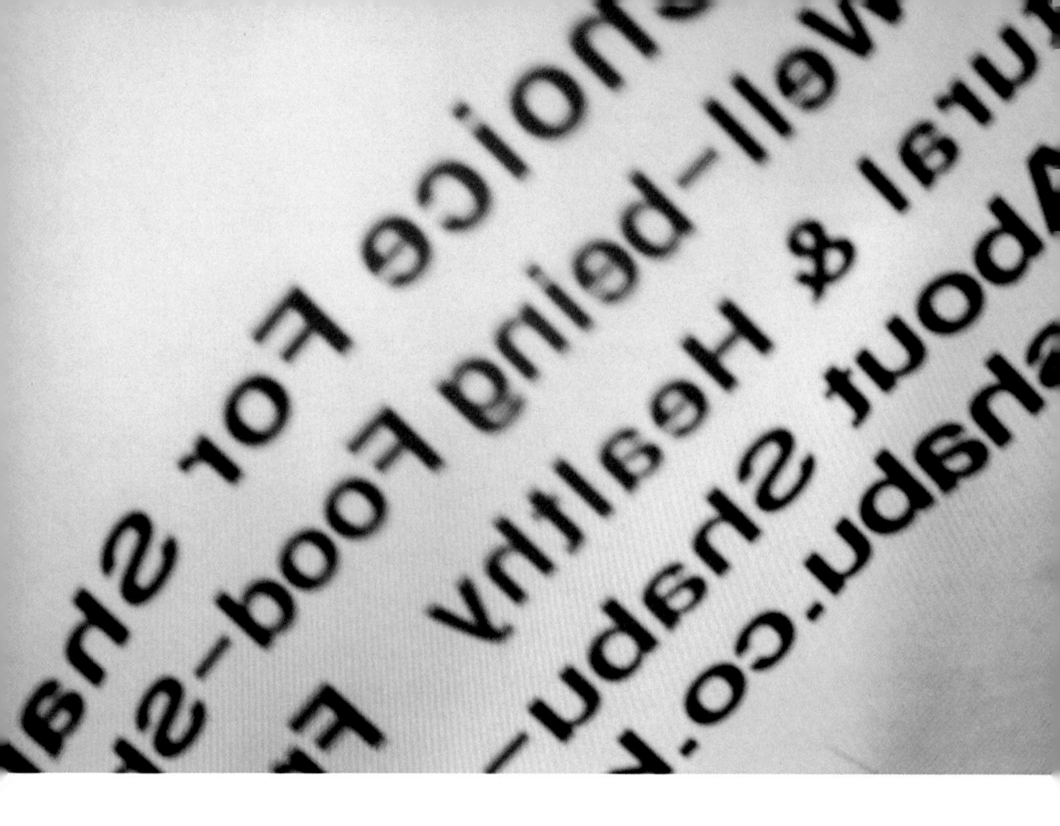

모 인터넷 카페의 사람들과 서울의 '출사'를 나갔다가
하도 배가 고파 들른 가벼운 양식당.
창에 어릿어릿 비치는 나풀거리는 천 쪼가리…
밥은 먹는 둥 마는 둥 했지만 그 분위기가 참으로 푸근했었지요.
인사동 골목은 어디를 가나 남의 것도 우리 것인 양
그런 생각이 들게 하는 모양입니다.
문제는 제가 잘 모르는 단어, 아니 영어도 아닌 듯하다.

– 서울 인사동 카페에서

인사동은 재미있습니다.
인사동은 우리 것 내음으로 가득합니다.
한마디로 멋진 곳입니다.

우리에게도 문화가 있음을 알게 해 주는 곳이기도 합니다.

아쉬운 것은 조금 비싸더라도 '우리 것' 을 파십시오.
남의 것 싸게 만들어 팔지 말고, 제발….

– 서울 인사동 카페에서

색실입니다.

형형색색 갖춘 색의 조화…

파스텔 톤 같은 실의 화려함이 가슴 한편을

싸하게 합니다.

왠지 마구 걸치고픈 마음입니다.

우리 것은 좋은 것입니다.

– 서울 인사동에서

일본엔 야스쿠니 신사가 있지만
우리에겐 '역사' 가 숨 쉬는
깊디깊은 연륜의 깊이가 서린
'종묘' 가 있습니다.

그 자리에 함께 있는 것만으로도
탄성이 절로 나오는,
그래서 기를 받은 듯한 열정이
꿈틀대는…

'종묘' 는 우리의 정기입니다.

– 서울 종묘에서

어느 날 토요일 오후
회사를 마치고 집으로 그냥 들어가기 따분한 날.
둘러멘 카메라가 이끈 간판 하나.

덕수궁 돌담길 따라가다 만난 아주 작은 '프로방스'
예쁜 간판만큼이나 조용조용 이야기 나누는 손님들 많던 곳입니다.

– 서울 덕수궁 뒷길 정동에서

정동길 돌아 나오니 만난 거인, 정말 처음 보았을 때의
놀라움이란… 아무튼 서울이 확실히 달라졌습니다.
저는 아주 작게 생각할지는 몰라도 서울의 변화하는 콘텐츠를
보았다고 생각했습니다. 너무 반가운 마음이었다는 것이죠.

– 서울 광화문 근처 정동 입구

그가 부른 노래는 모두 고인이 된, 이제는 잊혀 갈만한 사람의 노래였습니다. 그 노래는 제가 무척이나 좋아하는 노래이자 잘 부르는 노래이기도 합니다.
노래가, 가수가 죽어서도 그립다는 것은 그만큼 '무엇인가' 를 남겼다는 것이라 생각합니다.
청계천변에 앉아 신명나게 불러주는 저 이름 없는 가수도 오래전에 만났을 뿐인데….

지금도 생각납니다.
아마도 오늘도 저 자리에서 좋아하는 노래를 하고 있을 겁니다.

– 서울 청계천에서

빛… 그리고 물 흐르는 소리
그것만으로도 나를 그리고 그 자리를 지나는 사람들의 발걸음을
묶어 놓은….

기만 귀 기울여 보십시오. 아니 들리십니까? 물소리, 그리고
사이사이 비치는 빛들의 향연이….

– 서울 청계천에서

화려함일까요?

지나침일까요?

아니면 뭘까요?

하지만 어쩔 수 없는 나의 본능은 확 깰 것 같은

강렬한 열정을 보았습니다.

아… 우리 큰 딸 말대로 제가 또 오버 하는 것 같습니다.

그냥 천 갈가리 찢어 놓은 것뿐인데 말입니다.

– 제주도에서